푸른사상
시선

33

기룬 어린 양들

맹문재 시집

푸른사상 시선 33

기른 어린 양들

인쇄 2013년 10월 10일
발행 2013년 10월 19일

지은이 · 맹문재
펴낸이 · 한봉숙
펴낸곳 · 푸른사상사
주간 · 맹문재 | 편집 · 김재호 | 교정 · 김소영

등록   제2-2876호
주소   서울시 중구 충무로 29(초동) 아시아미디어타워 502호
대표전화 02) 2268-8706~7 팩시밀리 02) 2268-8708
메일   prun21c@hanmail.net
홈페이지 www.prun21c.com

ⓒ 맹문재, 2013

ISBN 978-11-308-0021-9 03810
ISBN 978-89-5640-765-4 04810 (세트)

값 8,000원

기룬 어린 양들

　나는 오랫동안 "해 저문 벌판에서 돌아가는 길을 잃고 헤매는 어린 양(羊)"들을 생각하며 살아왔다. 만해가 『님의 침묵』에서 노래한 이 어린 양들 가운데는 힘없고 가난한 사람들도 포함될 것이다. 이 시집에서는 그들 중에서 특히 전태일 이후 노동을 하다가 세상을 뜬 노동자들을 대상으로 삼았다. 박정희 시대부터 김대중 시대까지 각 정권별로 나누어 5부로 구성했다. 나는 어린 양들이 기루어서 이 시들을 썼다. 앞으로도 쓸 것이다.

　『유심』에 연재하는 자리를 마련해준 홍사성 주간께 감사함을 전한다. 병원에서 교정을 보는 이 순간, 생명의 숭고함을 느낀다.

2013년 여름날

맹문재

| 차례 |

■ 시인의 말

제1부

13   전태일

14   김진수

15   김경숙

제2부

19   안종필

20   김종태

21   박종만

22   박영진

23   변형진

24   표정두

25   황보영국

26   이석규

27   김수배

28   김성애

29   오환섭

제3부

33　　　김장수

34　　　오범근

35　　　최윤범

36　　　장용훈

37　　　문송면

38　　　성완희

39　　　송철순

40　　　이문철

41　　　김윤기

42　　　최완용

43　　　김종수

44　　　이상남

45　　　조정식

46　　　이상모 · 박진석

47　　　이종대

48　　　강현중 · 김종하

49　　　강민호

| 차례 |

50   이영일

51   최태욱

52   최동

53   박성호 · 원태조

54   김봉환

55   박창수

56   윤용하

57   석광수

58   유재관

59   김처칠

60   권미경

61   박복실

제4부

65   조경천

66   서영호

67   김주리

68   최성묵

69   임종호

70   양봉수

71   박삼훈

72   조수원

73   김시자

74   유구영

75   홍장길

| 차례 |

제5부

79   최대림

80   최명아

81   김윤수

82   김종배

83   이옥순

84   김순조

85   안동근

86   김기욱

87   유순조

88   한경석

89   배달호

90   해설 이것이 왜 시가 아니란 말인가? - 장성규

제1부

전태일

나는 완전에 가까운 그의 결단을
지천명처럼 믿네

그에게는 하루 14시간의 작업이나
단수(斷水) 같은 월급이
문제가 아니었네
위장병이나
화장실조차 막는 금지도
문제가 아니었네

바늘로 졸음을 찌르며
배고파하는 어린 여공들에게
풀빵을 사준 일이
문제였네

내게 인정으로 배수진 치는 법을
처음으로 알려준 사람

최후까지 알려줄 것이네

김진수

수출 초과 달성의 대가로
수건 1장 나누어준 사장

노동조합이 결성되자

위장 폐업
공포 분위기 조성
부당 해고
구사대 매수

노조 탈퇴를 거부한 그까지
쓰러뜨렸네

김경숙

초등학교 6학년 때 상경해
YH무역까지 옮겨 온
21살의 여공이 벌레처럼 죽었을 때
끝이 보였네

재산을 해외로 빼돌리고
도급제 엄포를 놓고
공장 문을 닫지 말라고 호소하는 직원들을
담배꽁초처럼 짓밟아 온
사장의 끝이 보였네

사장을 비호한
정권의 끝이 보였네

제2부

안종필

어린 남매의 가장으로 해진 끼니를 꿰매면서

자유언론실천선언에 섰네
동아투쟁위에 섰네
민주인권일지에 섰네

해고에도 꺾이지 않았네
긴급조치에도 꺾이지 않았네
간암에도 꺾이지 않았네

대나무처럼 섰네

김종태

가난한 목수의 아들로 태어나
초등학교도 마치지 못하고
공장과 공사판을 떠돌았던 사내

같은 처지의 사람들을 발견하면서
자존심을 고민했네

야학교 교사들이 간첩으로 연행되고
대학생들이 창백하게 쫓기고
광주 학살이 전쟁처럼 자행되고
노동자들이 걸레처럼 밟히자

자존심에 불을 붙였네

박종만

한 달 성과금 5만원

세 달 상여금 7만 5천원

못 받을까 두려웠지만

도급제 사납금과 벌점이 두려웠지만

벼락같이 농성했네

복직시켜라!

해고된 동료들을 위해

목소리를 불태웠네

박영진

가족 같은 직장을 바라던
그의 꿈은

사장의 구타로
착취로
해고로
용광로 속으로 떨어졌네

근로기준법은 어디에도 없었네

중학교조차 다니지 못하고
신문팔이로 구두닦이로 나섰을 때부터 품었던
전태일의 꿈

떠올리지 않을 수 없었네

변형진

몸이 아프다고 알려도
결근 처리
오물 같은 욕설
헌 차 배정
세차비 부담

입바른 소리를 하자
예외 없이 해고 되었네

수당 없이
휴일 없이
하루 12시간 일해온 그는

사장에 반역할 수밖에 없었네

표정두

신흥금속 판금부에서 일해도
네 식구 살기 어려웠는가?

대출 이자보다 무서운 월세가
정치인들 때문이라고 생각했는가?

벽제 화장장 1번 화구 앞에서
그대의 어머니가 주저앉았네

신나 두 통을 가방에 넣고
서울 세종문화회관까지 올라온
전라도 송정 사람아

나를 일으키는 동갑내기야

황보영국

전기 용접과 중장비 운전을 하던 청년
박종철 추모제에 참가했다가
세상을 발견했네

대학생이며 인권 변호사며 임신 8개월 된 아줌마가
외치는 목소리에
가슴 뛰었네

인광 같은 사랑을
세상의 눈물에 넣기로 했네

이석규

부지런하라
낭비하지 마라
임무에 충실하라

자취방에 붙이고
착하디착하게 따랐네

부모님께 안부 편지를 쓰면서 따랐네

옥포 사거리 집회장에 앉아 있다가
최루탄에 쓰러질 때까지
좌우명으로 따랐네

김수배

대학 졸업자인 그가 현장 노동자들과 어울리면서 노조 사무국장을 맡았네

본때를 보인다고 사장은 조합비를 횡령한 것처럼 꾸며 소문을 퍼뜨리고 고발했네

올무에서 빠져나올 수 없는 그는 사장이 놓은 덫을 불태울 수밖에 없었네

김성애

정신병원에 입원한 아버지와 원목공장에 다니는 어머니를 구하려고 중3부터 공장에 나갔네

도자기와 타일을 만드느라 손가락이 깨졌네

화공약품 냄새가 덮쳐 두통을 앓고 코피를 쏟다가 반신불구가 되었네

사장은 글자를 모르고 큰소리를 모르는 그녀의 어머니를 불러 고혈압으로 쓰러졌다고 속였네

그녀의 산재 처리는 사고도 없고 신문고도 없는 연극으로 끝났네

오환섭

영농후계자 자금 200만원 받은 그는
한우 9마리 사들여
이태 만에 29마리로 늘렸네

밀린 사료 값 갚으려고
큰 소 팔아
중간 소 키웠네

중간 소 팔아
송아지 키웠네

송아지 팔아
농협 빚 420만원 키웠네

제3부

김장수

저 넓은 광야로
택시를 큰물처럼 밀어가려고 했던 그는
부당 해고 앞에서 고뇌했네

빈손으로 귀가할 수 없다고

비장한 운전을
광야에서 태우기로 했네

오범근

3층 유리창을 깨고 뛰어든 구사대들이 각목과 쇠파이프를
휘둘렀네

노조원들의 바지를 벗기고 전깃줄로 손을 묶고 무릎을 꿇
린 채 9시간 30분 동안 구타했네

노조원들이 실신하거나 중상을 입는 모습을 지켜보던 그가
불꽃처럼 항의했네

공장에서 왼손이 잘린 후 착한 경비원으로 일해오던 그였네

최윤범

1

살려내라, 살려내라!
우리 형제를 살려내라!

산다는 것이 무섭다
이 식인종들아!

구두를 만들던 동료들이 외쳤네

2

그도 깃발처럼 외쳤네

민주 노조 건설하자!
단결만이 살 길이다!

장용훈

사장은 노조 활동한다고 그를 깡통처럼 차버렸지만
치료비 170만원 하소연할 데가 없었네

짜장면을 사준 동지가 있었네

그를 해고한 사장은 천 원도 주지 않았는데
눈물이 났네

택시 동지들이 모여들었네

문송면

야간 고등학교에 갈 수 있다는 희망으로
하루 11시간씩 온도계에 수은을 넣다가
중독자가 되었네

상행선 열차를 탄 꿈이 푸르기만 한
고작 열다섯 살이었네

성완희

그의 복직 투쟁을
사장이 무시했네

그의 단식 농성을
구사대가 진압했네

동료들이 일어섰네

"광산쟁이도 인간이다!
 인간답게 살아보자!"

송철순

세상에, 나와 동갑내기인 깡순이가
지붕에서 떨어지다니

그녀가 올라가 매단 현수막이
비에 젖은 채
슬레이트 지붕 위에서 나부끼고 있는데

"사장 놈이 배짱이면 노동자는 깡다귀다"

이문철

식사 시간과 배차 문제와 연장 수당을 약속하고도
사장은 어겼네

이의를 제기하자 그를 해고했네
그도 사장을 해고했네

그에게 약속은 이데올로기였네

김윤기

날이 춥습니다 어머님 병환은 좀 어떠신지요 ··············
········ 동생들은 학교에 잘 다니고 있겠지요 ············
··········· 제가 봉제공장에 온 지 벌써 반년이 되었습니다 ···
··················· 저도 가정과 장래를 많이 고민하고 있습니다
······················ 그러한 녀석이 감옥에 들락거리다가 노동
자가 되었느냐고 말씀하시겠지요 ······················ 그만한
까닭이 있습니다 ······················ 저는 양심적이고 성실하
게 살아가는 노동자의 긍지를 가지고 있습니다 ············
··········· 노동자야말로 자신과 가족을 위하고 인류와 역사를
이끈다고 생각합니다 ····················· 날이 무척이나 추워
질 것 같습니다 몸조심하세요 ·····················

최완용

프레스에 손이 잘려 산업재활원에서 기술 배우길 희망했네

주일마다 산업재활원 환자들에게 용기와 희망을 주던 그가
도움 받을 처지가 되었네

사장은 회사의 잘못이 없다는 각서에 도장을 찍어야 들어
주겠다고 했네

그는 산재 노동자들의 생존권을 거래할 수 없었네

김종수

"평탄하고 안이한 삶이 아닌
　고난과 도전에 직면하여 분투 항거할 줄 아는
　진짜 노동자였다"

그의 비문을 읽다가
진짜 노동자를 생각하네

책임감이 강한 노동자

올바르게 살아가는 노동자

동지들과 함께하는 노동자

분투하는 노동자⋯⋯

이상남

집행부원이 구사대에 폭행당한 채 봉고차에 실려 가자
노조원들이 가로막았네
— 봉고차는 돌진했네

사람이 깔렸다, 세워라!
노조원들이 외쳤네
— 봉고차는 돌진했네

결혼을 앞둔 기둥 같은 그의 몸
깡통처럼 으스러졌네
— 봉고차는 돌진했네

조정식

　동지가 이 세상에서 가장 사랑했던 것이 바로 공장 노동자였습니다. 세계에서 가장 부지런한 사람들이면서도 가장 천대받는 이 나라 노동자들.

　허울 좋은 고도 성장과 알량한 선진 조국의 환상 속에서 하늘 높은 줄 모르고 치솟는 월세 방값에 한숨지으며, 먼지조차 빠져나갈 수 없는 캄캄한 작업장에서 기계에 손가락이 잘리고, 언제 산업재해로 죽을지도 모르는 생지옥 같은 공장에서 뼈 빠져라 일해도 돼지고기 한 근도, 딸네미가 입고 싶어 하는 꼬까옷 하나도 마음 놓고 못 사고, 천 원짜리 싸구려 옷도 큰맘 먹어야 겨우 살 수 있는 이 땅의 1천만 노동자를 사랑하셨군요.*

* 문재환(서울 동부지역 금속노조위원장), 「동지를 생각하며」 중에서

이상모 · 박진석

임금을 한 푼도 올려줄 수 없다!

사장은 소화기를 뿌리듯
그들을 협박했네

불쌍한 노동자를 울리지 마십시오!

그들도 외쳤네
구사대 입회원서를 찢었네

이종대

20년 동안 결근 한 번 안했네
여름휴가 한 번 안 갔네
기계가 고장 나면 퇴근 후에도 달려갔네

노조원으로 나서자
그는 해고 통보를 받았네

부당 해고 철회를 외쳤네

노동자답게 나섰네

강현중 · 김종하

해고자를 도우려고 시작한
그들의 일일찻집을
사장은 폐지처럼 짓밟았네

손가락 무덤이며 해고 소식이
재고처럼 쌓이는 공장

그들은 디딤돌을 밟으며
노동자의 노래를 불렀네

노동자의 디딤돌을 놓았네

강민호

그는 12시간 맞교대를 주인으로 일했네

청년답게 일했네

부정 투표함* 고발 정신으로 일했네

산재 왕국 부수며 일했네

* 구로구청 부정 투표함 사건 : 1987년 제13대 대통령 선거 서울 구로갑구
의 투표함이 밀반출된 사건.

이영일

그에게는 절실하게 바라는 세상이 있었네

탄압이 없고
협박이 없고
부정이 없고
불안이 없는
작업장이었네

그리하여 자동차 정비 기능사 자격증을 땄네

노동조합 자격증을 땄네

최태욱

그가 노조 얘기를 꺼냈을 때
아내와 세 살 된 아들과 아흔 넘은 부모는
위험하다고 말렸네

노동조합은 함께 잘살아보려는
합법적 조직이라고 설득했네

노동자가 잘사는 일이 얼마나 어려운지
해고당하면서 알았네

노동자가 잘사는 일이 얼마나 가능한지
투쟁하면서 알았네

최동

그는 프레스 공장에서
민주노조 정신으로 일하다가
인노회* 결성으로 구속되었네

협박받고
잠 못 자고
고문당했네

불면증과 실어증에 시달리면서도
노조 정신을 포기하지 않았네

* 인천·부천 지역 민주노동자회. 1989년 국가보안법 위반 혐의로 노동자
  들이 구속되었다.

박성호 · 원태조

경영 부실을 이유로
무기한 휴업 공고를 낸 사장을 막아섰다고
업무방해죄로 고소당했네

전투경찰이 긴급 출동해
그들은 무차별 구타했네

임금 교섭과 단체 교섭이
불태워졌네

사장을 업무방해죄로 고소하려고
그들이 나섰네

김봉환

회사에 산재 요양을 신청했지만
거절당했네

노동부에 재신청했지만
거부당했네

독가스를 마시고 죽어야 한다니
원진레이온 소모품으로 쓰이고 만다니

손발이 뒤틀린 그는 물러설 수 없었네

박창수

연대회의에서도
구치소에서도
병원에서도
그는 외쳤네

노동 악법 철폐!
정리 해고 철폐!
직장 폐쇄 철폐!

아직도 꺼지지 않은
배관공다운 목소리

윤용하

가난한 농부의 아들로
중국집 배달부로
신문 배달부로
가방 공장 직공으로
그는 벽을 넘었네

못 배웠기에
울며 넘었네

세상을 알기에
싸우며 넘었네

노동자이기에
노동하며 넘었네

석광수

열여섯 살 때 포장 공장에서 일했네

스무 살 때 주차장에서 일했네

스물두 살 때 택시에서 일했네

어머니를 모시고 가장을 꿈꾸며 일했네

동료들과 살아가려고 노조원으로 일했네

유재관

그는 대학 강의실에서 구로 공장으로 가
용접공이 되었네

인천 공장으로 가
목재공이 되었네

퇴근 뒤에는 유인물을 만들어
공단에 뿌렸네

노동자의 세상 이루려고
노동자회도 만들었네

김처칠

"지배와 복종의 질서를 지키려고 하는 사람들은
 철조망을 넘어서려고 하는 사람들을 짓밟고
 그 쓰러진 얼굴 위에다 침을 뱉는다"*

택시 지입제를 철폐하려고
도급제를 철폐하려고
사장의 폭행을 철폐하려고
그는 시를 썼네

택시 노동자의 생존권을 위해
끼니도 거른 채
철조망을 씹었네

* 일기장에 남긴 김처칠의 시 「철조망」 중에서

권미경

30분 더 일하기 운동!
불황 극복 50일 작전!
3무 운동!*

지시하는 사장에 맞서
그녀는 비문을 쓰듯
호소했네

"더 이상 우리를 억압하지 말라
 내 이름은 공순이가 아니라
 미경이다"

* 3무 운동 : 무불량, 무이탈, 무미달 운동. 신발 공장의 경영이 악화되자
  사원들의 노동력을 강화시키기 위해 강요했다.

박복실

1971년 전북 태창메리야스 입사
1982년 노조 활동으로 해고

1983년 이리 광전자 입사
1983년 해고

1985년 군산 경성고무 입사
1985년 해고

1986년 이후
취직 불가능

지워지지 않는 블랙리스트 지우려고
그녀는 노조원으로 나섰네

제4부

조경천

10년 간 맞교대하면서
결근 한 번 안 했고
모범 사원 표창까지 받은 그였지만
해고되었네

복직 판결 받았지만
사장은 꿈쩍도 안 했네

노조 탈퇴하면 복직시켜 준댔네
그도 꿈쩍 안 했네

서영호

가두 투쟁 때 항상 선봉에 섰고
작업장을 최후로 사수했던 그가

'햇새벽의 불꽃'
만장을 받았네

차량 행진이며
해방도(解放圖)도 받았네

동료들과 뜨겁게
전진의 길 걸었네

김주리

미인들이 모인 회사, '미모사'

미인 한 사람 없는
해고 미싱사들의 작업장이었네

지하방에 재봉틀 네 대 들여놓고
하청 일을 했네

주인이 되어
엄격하게 일했네

엄격하게 쉬었네

최성묵

점을 봐서 기사를 채용하는 회사
운수 안 맞다고 기사를 해고시키는 회사
눈 밖에 나면 기사를 퇴사시키는 회사
죄수처럼 기사를 감시하는 회사

그는 버스를 세웠네

더 이상 노예가 될 수 없었네

임종호

봄을 동지애로
여름을 투쟁의 열정으로
가을을 이기주의 소거로
겨울을 적개심으로 삼고

그는 창원대로 투쟁*에 나섰네

총액임금제를 부수려고
굴뚝 투쟁도 벌였네

* 창원대로 투쟁 : 1989년 4월 24일부터 일주일 정도 마산 창원 지역 노동자
  들이 노동법 개정과 임금 인상을 요구하며 전개한 가두 투쟁.

양봉수

노동자를 사랑해서 작업 강도를 낮추었네

노동자를 사랑해서 부당 해고에 맞섰네

노동자를 사랑해서 노동조합에 헌신했네

노동자를 사랑해서 투쟁 의지로 살았네

박삼훈

회사의 경영 전략이란

노동 강도 강화, 근무 시간 통제, 단체교섭 무시, 호봉 경쟁 강화, 노동조합 방해, 사원들 사생활 감시……

그의 투쟁 전략이란

공장에서 숨쉬기, 점심시간 숨쉬기, 출근 버스에서 숨쉬기, 야적장에서 숨쉬기, 야유회에서 숨쉬기, 집회장에서 숨쉬기, 노동조합에서 숨쉬기……

조수원

병역 특례자로 노조 활동한다고
그는 해고되었네

무효 소송을 제기하고
청와대로 국방부로 병무청으로 탄원서를 보냈네
병역 특례 해고자들 원상회복 특별위원회도 만들었네

한 달 넘게 단식 농성을 하며
악법의 목을 물었네

김시자

단아했지만 품이 커
노조 위원장이 되었네

어용 노조 퇴진과
노조 간부 정년 연장 무효에
앞장 섰네

어용 노조의 철옹성을 뚫고
민주 노조의 길을 열었네

유구영

영등포 산업선교회 교육 간사, 영등포 기계공단 노조 사무
국장, 대한중전기 분회장, 서울 지역 노동조합 협의회 정책실
장, 민주노총 정책기획실 정책 부국장, 서울 지역 노동조합 협
의회 선봉대장……

그를 노동운동가로 탄생시킨 시대는 얼마나 불행한가?

그를 노동운동가로 마감시킨 시대는 얼마나 잔인한가?

홍장길

사장은 회사를 분할 매각하면서
기사를 부품처럼 끼워 팔았네

모래성처럼 무너져 내린 택시 기사들
철회 투쟁에 들어갔네

24년 8개월 근무로 최고참인 그도 동참했네

청춘을 바친 일터에 뼈를 묻기로 했네

제5부

최대림

아이엠에프(IMF) 사태를 악용해
사장은 사원들의 임금을 깎았네

수당을 주지 않고
격주 휴무를 중단했네
감원 소문을 퍼뜨리며
한 시간 더 일하기를 강요했네

정리 해고와 근로자 파견법까지
목을 졸랐네

마침내 그가 일어섰네
유조선 갑관이 출렁거렸네

최명아

아이엠에프(IMF)를 빌미로
부당행위를 하는 사업자에 대항하는 그녀에게
피로가 몰려왔네

두통이 왔네
다리 마비가 왔네
시력 장애가 왔네
뇌출혈이 왔네

동지들이 달려와
사업장을 에워쌌네

꽃나무를 심었네

김윤수

전경 600여 명을 야간에 투입해
노동조합을 짓밟고
이적 표현물 소지죄 위반 혐의로
그를 구속했네

그가 소지한 책은

조정래의 『태백산맥』
황석영의 『무기의 그늘』
함석헌의 『뜻으로 본 한국 역사』……

김종배

전노협이 해산되어 사라질 뻔 한 노동자들을

그가 백서로 살려냈네

노동자들의 기억을 기록으로 살려냈네

노동자들의 기록을 역사로 살려냈네

이옥순

서른여덟 살에 장기수 출신과 결혼해서
두 딸의 어머니가 되고
장기수들의 벗이 된 그녀는

열아홉 살에 원풍모방에서 일한 노동자였네

노조 운동으로 해고당한 노동자였네

김순조

손가락 잘린 사고를 당하고도 그는

노동자 산악회를 조직했네
노동자 축구단을 만들었네
노동자 족구대회를 개최했네
노동자 글쓰기 모임을 만들었네

사랑하는 공장으로 돌아가려고
열정적으로 준비했네

안동근

부실 공사 추방 운동
불량 레미콘 추방 운동
건설 환경 개선 운동
환경오염 추방 운동
레미콘 노동자의 노조 인정 투쟁······

전국 콘크리트 믹서 트럭 협의회를 결성했네

전국 건설 운동 노동조합을 설립했네

김기욱

'노듯다리' 노래패를 결성하고
노래 부르는 노동자가 되었네

금속 노동자 연합 노래패
'철의 노동자' 도 결성했네

노동 해방가를
강철같이 불렀네

유순조

가구점

합성철공소

대흥주물

신광정밀

이천전기

일신제강

풍산금속……

중학교 때부터 다녔던 공장들

노조 활동으로 해고되면서

되돌아보았네

나아갈 길 보였네

한경석

부천 지역 노동조합 협의회를 결성하고
그는 뛰어다녔네

백혈병에 걸렸어도
투쟁 사업장마다 찾아다녔네

다시 태어나도
뛰어다닐 것이네

배달호

징계

해고

고소 고발

손해배상 청구

재산 가압류 신청

급여 가압류 신청

단체협약 해지

사택 매각……

잔인한 사장 앞에서

그는 호루라기를 불었네

노동자여

투쟁하라!

이것이 왜 시가 아니란 말인가?

— 맹문재, 『기룬 어린 양들』

장성규

1

먼저 이 시집을 처음 읽고 잠시 들었던 개인적인 의문을 쓸 필요가 있겠다. 맹문재의 이 시집을 읽은 후 '과연 이것을 시라고 부를 수 있을까?'라는 의문이 들었다. 그러니까 일반적으로 통용되는 시에 대한 관념으로는, 이 시집에 실린 작품들이 시로 인식되기 어려운 측면이 있었다는 것이다. 예컨대 이 시집에 실린 작품 중 임의로 아무것이나 들추어보자. 어떤 시를 보더라도 1970년대 이후 노동운동 과정에서 죽은 '열사'들의 일대기가 짤막하게 서술되어 있을 것이다. 이를 하나의 전기 내지는 평전의 변용으로 볼 수는 있겠지만, 과연 시의 형식에 속한다고 할 수 있을까?

일반적인 관점에서 시는 일정한 주제의식을 선명한 이미지와 내적 리듬을 통해 풀어낸 언어 형식으로 규정된다. 이러한 규정은 개별 문학사조에 따라 매우 다양하게 분화되어 구체적으로 현상되지만, 이들은 모두 하나의 전제를 공유하고 있다. 즉, 시적 발화의 주체를 지식인-엘리트로 한정짓고 있다는 점이다. 당연하게도 명료한 '주제의식'을 모더니즘적인 회화성, 혹은 낭만주의적인 음악성에 기반을 두고 명징한 언어로 형상화한다는 것은 상당한 수준의 문화자본을 요구하는 행위이기 때문이다. 따라서 위에서 언급한 시에 대한 정의가 종종 지식인의 내적 감정의 토로, 사회 현실에 대한 지식인의 비판적 인식의 형상화, 혹은 언어 자체가 지니는 미적 가치에 대한 지식인의 경이의 표현에 초점을 맞추어 반복 재생산되는 것은 필연적이다. 이들은 그 무시할 수 없는 각각의 차이에도 불구하고 모두 시적 발화의 주체를 지식인-엘리트 집단으로 한정짓고 있기 때문이다.

문제는 이러한 시에 대한 일반적인 정의가 그 시적 주체의 측면에서 시를 결국 지식인-엘리트의 발화 형식으로 한정짓고 있다는 점이다. 비단 시뿐 아니라 소설, 비평, 희곡 등의 근대문학 장르들은 모두 이와 같은 한계를 내포하고 있다. 이는 근대문학의 형성 자체가 문화적 엘리트들에 의해 주도되었으며, 그 핵심에는 문학 장(場)의 구성 원리로서의 '예술의 규칙'(부르디외)이 놓여 있었기 때문이다. 이로 인해 이전 시기 풍부하게 존재하던 하위 주체들의 자기 재현과 발화 형식으로서의 또 다른 문학은, 근대문학의 미달태로 간주되었으며 결국 문학사의 주변으로 추방되었다.

그러나 몇몇 문제적인 텍스트들을 통하여 하위 주체의 발화 형식으로서의 또 다른 문학은 미미하지만 꾸준히 하나의 흐름을 형성해왔다. 예컨대 최서해의 「탈출기」로부터 시작하여 1980년대 노동자의 자기 재현 형식으로 자리 잡고 2012년 현재까지 지속되고 있는 논픽션 양식이나, 혹은 임화의 '단편서사시'로부터 시작하여 다양한 양상으로 변주되어온 일련의 지배적 문화 규범의 전유 형식 등을 들 수 있을 것이다. 이들 흐름은 좁은 의미에서의 근대문학 장(場)의 범주를 넘어, 하위 주체를 텍스트의 발화 주체로 설정하기 위한 미학적 실험들의 과정으로 요약 가능하다.

사정이 이러하다면, 맹문재의 시집을 두고 굳이 일반적인 시적 규범에의 적합성 여부를 묻는 것은 그리 중요한 일이 아닐 것이다. 오히려 중요한 것은 그가 어떠한 방식으로 하위 주체를 시적 발화의 주체로 설정하기 위한 미학적 실험을 수행하고 있는지를 살펴보는 것이며, 나아가 이로부터 하위 주체를 문학적 주체로 설정하기 위한 하나의 미학적 형식의 가능성을 추출하는 것이다. 문제는 고정화된 시적 규범의 틀에 텍스트의 풍요로움을 가두는 것이 아니라, 좁은 틀에 갇혀진 시에 대한 장르적 편견을 새로운 문제 설정을 통해 극복하는 것이기 때문이다.

2

맹문재의 시집에서 두드러지는 형식은 앞서 잠시 언급한 것처럼 전기나 평전과 같은 논픽션 양식이 차용되고 있다는 점이다. 이 시집에 수록된 모든 시는 실제 노동운동 과정에서 산화해간 열사들의 삶을 형상화하고 있다. 이런 측면에서 이들

시들은 일종의 논픽션 양식이라고 할 수 있을 것이다.

그런데 그의 시가 일반적인 전기나 평전 양식과 구분되는 것은, 그의 시에서 복원되고 있는 인물들이 모두 주류적인 지배역사 서술에서 배제되고 추방된 인물들이라는 점이다. 일반적인 전기나 평전은 주로 주류적인 지배 역사 서술에서 중요한 위상을 지닌 인물에 대한 서술이 주를 이룬다. 이는 결국 역사의 주체를 소수 권력층으로 한정짓는 효과를 낳는다. 이 과정에서 정작 대문자 역사에 기록되지 못한 하위 주체들의 목소리는 공백으로 남게 된다.

맹문재의 이번 시집에 수록된 작품들이 형식적인 측면에서 전통적인 전기나 평전 양식을 차용하고 있으나, 이들 양식과 결정적으로 변별되는 것은 바로 이 점이다. 그는 한국 현대사에서 소외되고 추방된, 그러나 신자유주의적 사회 재편의 폭력 속에서 다시 복원되어야 할 인물들의 목소리를 다루고 있다. 예컨대 다음과 같은 시를 보자.

정신병원에 입원한 아버지와 원목공장에 다니는 어머니
를 구하려고 중3부터 공장에 나갔네

도자기와 타일을 만드느라 손가락이 깨졌네

화공약품 냄새가 덮쳐 두통을 앓고 코피를 쏟다가 반신불
구가 되었네

사장은 글자를 모르고 큰소리를 모르는 그녀의 어머니를
불러 고혈압으로 쓰러졌다고 속였네

그녀의 산재 처리는 사고도 없고 신문고도 없는 연극으로
끝났네

　　　　　　　　　　　　　　　　　　　　　—「김성애」 전문

솔직히 고백하건대, 이 시를 읽기 전까지 나는 '김성애'가
누군지 몰랐다. 대문자 역사에 그녀의 이름이 없었기 때문이
다. 그러나 그녀의 삶이야말로 이른바 '한강의 기적' 이면에
가려진 우리 현대사의 어둠이 아닌가? 대문자 역사는 언제나
지배층의 역사일 뿐이며, 하위 주체의 역사는 그 이면에 숨겨
져 있을 따름이다. 그렇다면, 만약 시적 윤리가 공적인 층위에
서의 경제 성장 지표로 환원되지 않는 그 이면의 낮은 목소리
를 복원하는 것이라면, 위의 작품이 시적 윤리를 수행한 중요
한 사례라고 말할 수 있지 않을까? 대문자 역사에서 지워진
'김성애'의 삶을 일대기 형식으로 풀어내면서 그녀의 삶에 새
겨진 하위 주체의 목소리를 복원하고 있다는 점에서 말이다.
여전히 시적 윤리가 놓여야 할 자리가, 가장 낮은 곳의 목소리
가 존재하는 바로 그곳이라면 말이다.

　　　3

그런데 하위 주체의 목소리를 복원하는 시적 문법은, 아무래
도 지배적인 역사 서술, 혹은 규범적 문학 장의 문법과는 다를
수밖에 없다. 당연하게도 시적 형식은 내용에 의해 규정되기
때문이며, 동시에 시적 내용은 그에 걸맞는 형식의 모색을 통
해서만 외화되기 때문이다. 이러한 실험과 모색이 동반되지

않는다면, 위와 같은 시는 시적 윤리의 층위에서의 성과에도 불구하고 그 미학적 층위에서는 충분한 성과를 거두지 못했다는 평가가 가능할 것이다.

이와 관련하여 맹문재는 자신의 목소리를 전면화시키는 대신, 하위 주체 스스로의 발화를 복원하려는 미학적 실험과 모색을 보여준다. 이들 스스로의 발화는 많은 경우 삐라나 성명서, 르포나 체험 수기 등의 형식으로만 남아 있다. 이러한 형식을 시에 도입함으로써 지식인―엘리트에 의해 해석되어진 하위 주체가 아닌, 그들 스스로의 발화를 복원하기 위한 실험이 이 시집을 관통하는 중요한 특징 중 하나이다.

동지가 이 세상에서 가장 사랑했던 것이 바로 공장 노동자였습니다. 세계에서 가장 부지런한 사람들이면서도 가장 천대받는 이 나라 노동자들.
허울 좋은 고도 성장과 알량한 선진 조국의 환상 속에서 하늘 높은 줄 모르고 치솟는 월세 방값에 한숨지으며, 먼지조차 빠져나갈 수 없는 캄캄한 작업장에서 기계에 손가락이 잘리고, 언제 산업재해로 죽을지도 모르는 생지옥 같은 공장에서 뼈 빠져라 일해도 돼지고기 한 근도, 딸네미가 입고 싶어 하는 꼬까옷 하나도 마음 놓고 못 사고, 천 원짜리 싸구려 옷도 큰맘 먹어야 겨우 살 수 있는 이 땅의 1천만 노동자를 사랑하셨군요.

　　　　　　　　　　　　　　　　―「조정식」 전문

30분 더 일하기 운동!
불황 극복 50일 작전!
3무 운동!

지시하는 사장에 맞서
그녀는 비문을 쓰듯
호소했네

"더 이상 우리를 억압하지 말라
 내 이름은 공순이가 아니라
 미경이다"

—「권미경」 전문

　위의 시들은 공통적으로 하위 주체 스스로의 발화를 시에 도입하는 형식을 취하고 있다.「조정식」의 경우 동료의 추도문이,「권미경」의 경우 그녀의 유서가 그대로 시에 차용되어 있는 형식이다. 이러한 삽입 텍스트들은 자칫 지식인-엘리트로서의 시인에 의해 '전유'되기 쉬운 하위 주체의 목소리를 그들 '스스로'가 발화하도록 만드는 역할을 한다. 많은 민중시들이 빈번히 저지른 미학적 서투름 중에 하나는, 지식인-엘리트의 관점에서 하위 주체의 삶을 선험적으로 해석하면서, 정작 하위 주체의 생생한 스스로의 목소리를 복원하기 위한 미학적 실험과 모색의 중요성을 간과했다는 점이다.
　맹문재의 시들이 중요한 이유 중 하나는, 그의 시가 추도문이나 유서를 비롯한 하위 주체 스스로의 목소리를 담은 텍스트를 삽입하여 낮은 목소리 그 자체를 발화하도록 만드는 미학적 모색을 보이고 있기 때문이다. 민중시가 진정 하위 주체의 삶을 재현하기 위해서는, 무엇보다 시적 내용의 측면뿐 아니라 그 형식적 측면에서도 하위 주체의 목소리를 복원하기 위한 실험과 모색이 수반되어야 한다. 이럴 때에만 지식인-엘리트의 관념적 급진성을 극복하고, 하위 주체의 '낮은 목소리'를 복원하는 형식, 이를 통해 하위 주체를 시적 화자로 설정하는 미학적 형식의 고안이 가능하기 때문이다.

4

그런데 간과할 수 없는 문제가 있다. 하위 주체의 목소리를 왜 복원해야 하는가의 문제가 그것이다. 단순히 대문자 역사에서 배제되고 추방된 이들의 삶을 재현해야 한다든가, 혹은 시적 주체를 확장시켜야 한다든가 하는 진술은 지나치게 관념적이어서 설득력을 얻지 못한다. 오히려 우리가 직시해야 할것은 하위 주체의 목소리를 통해 시적 화자의 목소리가 어떻게 변화할 수 있는가에 대한 정직한 답변이다. 당연하게도 사후적으로 이들의 목소리를 복원하는 시인의 시쓰기 작업은, 곧 하위 주체의 목소리와 시인의 문제의식이 마주쳐서 만들어내는 대화적 공간(바흐친)의 창출에 다름 아니기 때문이다. 따라서 이 시집에 수록된 시들이 종종 두 겹의 목소리로 구성되어 있는 것은 우연이 아니다.

> "지배와 복종의 질서를 지키려고 하는 사람들은
> 철조망을 넘어서려고 하는 사람들을 짓밟고
> 그 쓰러진 얼굴 위에다 침을 **뺏는다**"*

> 택시 지입제를 철폐하려고
> 도급제를 철폐하려고
> 사장의 폭행을 철폐하려고

그는 시를 썼네

택시 노동자의 생존권을 위해
끼니도 거른 채
철조망을 씹었네

* 일기장에 남긴 김처칠의 시 「철조망」 중에서

—「김처칠」 전문

　위 시는 두 개의 목소리로 구성되어 있다. 하나는 '김처칠'의 목소리인 「철조망」의 일부이며, 다른 하나는 이에 대한 시적 화자의 해석이다. 이 두 겹의 구성을 통해 비로소 하위 주체와 시적 화자 간의 교감과 연대가 수행된다. 시적 화자는 '김처칠'의 목소리를 시에 삽입하여 복원하는 동시에, 그의 "철조망을 씹"으며 시를 쓰는 행위에 대해 의미를 부여한다. 이를 통해 시적 화자는 자신의 시쓰기에 대한 성찰을 수행하는 계기를 생성한다. 이는 다음 시에서도 마찬가지이다.

"평탄하고 안이한 삶이 아닌
고난과 도전에 직면하여 분투 항거할 줄 아는
진짜 노동자였다"

그의 비문을 읽다가
진짜 노동자를 생각하네

책임감이 강한 노동자

올바르게 살아가는 노동자

동지들과 함께하는 노동자

분투하는 노동자……

—「김종수」전문

위의 시 역시 '김종수'의 비문과 이에 대한 시적 화자의 해석으로 이루어진 두 겹의 구성을 취하고 있다. 하위 주체의 목소리는 시적 화자로 하여금 "진짜 노동자"의 삶에 대해 사유하도록 하는 계기로 작동한다. 이를 통해 비로소 시적 화자는 문학 창작 노동자로서의 시인의 삶에 대해 사유할 수 있다.

이와 같이 이 시집에 수록된 시들은, 하위 주체의 목소리와 시적 화자의 목소리의 겹침을 통해 독특한 대화적 공간을 창출하는 구조를 취하고 있다. 그 결과 하위 주체의 목소리는 단지 박물지적인 기록으로 존재하는 것이 아니라, 현재 시점의 시적 화자의 시쓰기에 대한 자의식을 형성하는 계기로 변증되고 있다. 이러한 구성은 '왜 하위 주체의 목소리를 복원해야 하는가?'에 대한 구체적인 하나의 답이 될 수 있을 것이다. 결국 하위 주체의 목소리가 의미를 지니는 것은, 그 목소리가 주체의 삶과 교감하며 연대하는 계기를 마련해줄 수 있다는 사실 때문이며, 이로부터 새로운 시적 주체의 탄생이 가능하기 때문이다.

5

글의 첫 부분에서 맹문재의 이번 시집에 수록된 시들이 과연 시인가, 라는 질문을 던졌다. 어쨌든 지배적인 문학 장에서의 규범에 의하면 낯선 진술들로 가득 찬 텍스트이기 때문이다. 그러나 기실 고정된 시, 고정된 문학이란 존재할 수 있는 것일까? 엄밀히 말해 사회적 제도로서의 문학 장이 형성되며, 그에 따른 '예술의 규칙'에 따라 장르의 규범이 형성되는 것은 아닐까? 그렇다면 이것이 시인지, 혹은 아닌지에 대한 질문은 큰 의미를 지니지 못할 것이다. 오히려 중요한 것은 이 시집이 어떠한 방식으로 하위 주체의 목소리를 복원할 수 있는 '다른' 형식을 실험하고 모색하고 있는지를 구체적으로 살펴보는 것이다.

그렇다면 대문자 역사에서 배제되고 추방된 이들의 일대기의 서술과 하위 주체 스스로의 발화의 복원, 나아가 이를 통한 하위 주체와 시적 화자 간의 대화적 공간의 창출을 시라고 부르지 못할 이유가 있을까? 신자유주의의 폭력이 도처에 난무하는 시대, 이를 외면한 내면의 토로와 언어의 조탁만을 시로 한정지을 이유가 있을까? 그렇다면 다시 당신에게 물을 수도 있겠다. '이것이 왜 시가 아니란 말인가?'

張成奎 | 문학평론가

노동자 소개

제1부

전태일(1948~1970) : 대구 출생. 평화시장에서 일함.

김진수(1949~1971) : 전북 임실 출생. 한영섬유에서 일함.

김경숙(1958~1979) : 전남 광산 출생. YH무역 등에서 일함.

제2부

안종필(1937~1980) : 부산 출생. 동아일보에서 일함.

김종태(1958~1980) : 부산 출생. 금마실업 등에서 일함.

박종만(1948~1984) : 부산 출생. 민경교통에서 일함.

박영진(1960~1986) : 충남 부여 출생. 신흥정밀 등에서 일함.

변형진(1948~1986) : 강화도 출생. 삼환택시 등에서 일함.

표정두(1963~1987) : 전남 신안 출생. 신흥금속에서 일함.

황보영국(1961~1987) : 부산 출생. 우성사 등에서 일함.

이석규(1966~1987) : 전북 남원 출생. 대우조선에서 일함.

김수배(1959~1987) : 부산 출생. 고려화학에서 일함.

김성애(1968~1987) : 진흥요업에서 일함.

오환섭(1958~1986) : 충남 아산 출생. 아산에서 축산 일을 함.

제3부

김장수(1957~1988) : 충남 서산 출생. 인천 소재 경기교통에서 일함.

오범근(1951~1988) : 서울 구로 소재 후지카 대원전기에서 일함.

최윤범(1960~1988) : 서울 출생. 고려피혁 성남공장에서 일함.

장용훈(1959~1988) : 전남 승주 출생. 전남 순천 소재 현대교통에서 일함.

문송면(1973~1988) : 충남 서산 출생. 서울 영등포 소재 협성계공에서 일함.

성완희(1959~1988) : 충북 제천 출생. 강원탄광에서 일함.

송철순(1963~1988) : 강원도 화천 출생. 인천 소재 세창물산에서 일함.

이문철(1954~1988) : 충남 당진 출생. 의정부 소재 대원여객에서 일함.

김윤기(1964~1989) : 서울 출생. 성남 소재 덕진양행에서 일함.

최완용(1964~1989) : 충남 천원 출생. 인천 소재 흥업사에서 일함.

김종수(1966~1989) : 전북 장수 출생. 서광 구로공장에서 일함.

이상남(1959~1989) : 전남 신안 출생. 울산 소재 현대엔진에서 일함.

조정식(1964~1989) : 대구 출생. 서울 성수동 소재 영전기계 등에서 일함.

이상모(1969~1989) : 전남 보성 출생. 거제 소재 대우조선에서 일함.

박진석(1969~1989) : 전북 고창 출생. 거제 소재 대우조선에서 일함.

이종대(1948~1989) : 시흥 소재 기아산업에서 일함.

강현중(1963~1989) : 충북 음성 출생. 인천 소재 경동산업에서 일함.

김종하(1961~1989) : 전북 순창 출생. 인천 소재 경동산업에서 일함.

강민호(1966~1990) : 전북 옥구 출생. 경기도 안산 반월공단 소재 대봉전선에서 일함.

이영일(1962~1990) : 강원 홍천 출생. 경남 창원 소재 (주)통일에서 일함.

최태욱(1968~1990) : 서울 출생. 고려피혁 성남공장에서 일함.

최동(1960~1990) : 서울 출생. 경기도 부천 소재 삼창정밀, 동광정밀에서 일함.

박성호(1961~1990) : 강원 태백 출생. 경기도 안산 소재 금강공업에서 일함.

원태조(1953~1990) : 경기도 안산 소재 금강공업에서 일함.

김봉환(1938~1991) : 경기도 남양주 소재 원진레이온에서 일함.

박창수(1958~1991) : 부산 출생. 부산 소재 대한조선공사에서 일함.

윤용하(1969~1991) : 전남 승주 출생. 성남피혁에서 일함.

석광수(1961~1991) : 강원도 삼척 출생. 인천 소재 공성교통 등에서
일함.

유재관(1962~1991) : 서울 출생. 인천 소재 신흥목재에서 일함.

김처칠(1956~1991) : 강원도 인제 출생. 서울 소재 합동물산에서 일함.

권미경(1969~1991) : 전북 장수 출생. 부산 소재 (주)대봉에서 일함.

박복실(1971~1992) : 전북 김제 출생. 전북 소재 태창메리야스 등에
서 일함.

제4부

조경천(1945~1993) : 평양 출생. 인천 소재 한양합판에서 일함.

서영호(1962~1993) : 울산 소재 현대자동차에서 일함.

김주리(1964~1993) : 전남 목포 출생. 부평 소재 우진상사, 진영물
산 등에서 일함.

최성묵(1945~1994) : 경기도 안성 출생. 평택 소재 성호여객에서 일함.

임종호(1964~1994) : 경남 합천 출생. 통일중공업에서 일함.

양봉수(1967~1995) : 전남 무안 출생. 현대자동차에서 일함.

박삼훈(1955~1995) : 경북 영덕 출생. 대우조선에서 일함.

조수원(1967~1995) : 강원도 태백 출생. 경남 양산 소재 대우정밀
(주)에서 일함.

김시자(1961~1996) : 전북 김제 출생. 한국전력 부속 병원에서 일함.

유구영(1957~1996) : 영등포 기계공단 노동조합 등에서 일함.

홍장길(1939~1997) : 경남 밀양 출생. 부산 소재 연희교통에서 일함.

제5부

최대림(1957~1998) : 경남 고성 출생. 대우조선에서 일함.

최명아(1963~1998) : 충북 음성 출생. 인천 소재 글로리아 가구 등에
　　서 일함.

김윤수(1959~1999) : 경남 창원 소재 대림자동차에서 일함.

김종배(1963~1999) : 강원도 진부 출생. 전국노동조합협의회 등에서
　　일함.

이옥순(1954~2001) : 전북 정읍 출생. 서울 영등포구 소재 원풍모방
　　등에서 일함.

김순조(1965~2001) : 전남 구례 출생. 안양 소재 삼양통상 등에서 일함.

안동근(1961~2001) : 경북 대구 출생. 인천 소재 삼표레미콘 등에서
　　일함.

김기욱(1963~2002) : 인천 소재 대우종합기계에서 일함.

유순조(1950~2002) : 충남 청양 출생. 인천 소재 이천전기 등에서 일함.

한경석(1962~2002) : 충남 논산 출생. 부천 소재 신광전자 등에서 일함.

배달호(1953~2003) : 경남 김해 출생. 경남 창원 소재 한국중공업에
　　서 일함.